청어詩人選 394

허
정
아

시
집

청어

꽃으로 피는 시간

허정아 시집

시인의 말

소소한 일상에서
나의 감성을 매 순간 다르게 느껴 보고
그 감성들을 꽃처럼 피워 보는
하루하루가 참 소중합니다.

부족한 제 시를 사랑해 주시는 많은
독자들께 감사드립니다.

인스타에서 매일 만나는 인친님들과
캘리그라피 작가님!
그리고
예쁘게 어른이 되는 모습을 솔선수범하시는
시인님들과 작가님들께도 감사드립니다.

오늘도 친구처럼 함께 자연 속에서
네 잎 클로버를 찾는 화영, 미희야, 고맙다.

함께하는 시간이 꽃으로 피는 시간인 것
같습니다.
『꽃으로 피는 시간』 많이 사랑해 주세요.

허정아

꽃

윤보영

꽃이 피었습니다
세상에서 가장 예쁜 꽃!
향기까지 진하게 피었습니다

계절 따라 피었다 지는 꽃은
건넨 향기를 거두어 가지만
내가 만난 이 꽃은
눈이며 가슴에
더 많은 향기를 담아 줍니다

꽃이 피었습니다
시집 속에 웃는 꽃!
그 향기로
우리를 웃게 만들기 위해
시(詩)꽃으로 피었습니다

차례

1부
꽃으로 피는 시간

2부
선물 받은 시간

1부

꽃으로
피는 시간

저녁노을 2

서산으로 넘어 반쯤 가린
해를 보다가
눈부신 너를 기억해 내려고
눈을 감았다

기다렸다는 듯
내 안을
오렌지빛으로 물들이는 너
너만의 온도로
나를 안아 주었다

아름답고
따뜻한 너를
제대로 본 나는
한참 동안 눈을 뜨지 않았다
그런 내 마음을 알기에
너는 하늘까지 예쁘게
물들이고 있었다

마스크

안 하면
못 나가요

벗으면
못생겼을 것 같죠?

마음에
마스크를 씌우고
이러고 있다

글쎄
그 바쁜 내가

전시장에서

눈길 한 번
다시 또 눈길 한 번
자꾸 보게 된다

그저
한 번 본 것뿐인데!
너도 그렇지?

안경

제 눈에 안경이라는 말처럼
담고 살 때는 몰랐는데
내려놓고 보니
그게 아니었네!

그래서 그대를
내 안에 얼른 담았네
웃음이 나오네

상큼한 공기

두 팔을 벌리고
깊게 숨을 들이켰다
그대가 상큼하게 들어왔다

내 안으로 들어온 그대는
잠시 머물다가
떠나겠지
생각할 때 오겠다며
그리움 속으로 가겠지

눈 2

너무 보고 싶어
맑은 하늘을 눌렀다
갑자기
눈이 쏟아졌다
사랑은 이렇게
하는 거라며
보고 싶을 때는
만나야 한다며

셀프 촬영

앱을 사용해서
나만의 노하우로
얼굴을 변장했다
찰칵!
이러다
내 안의 그대가
낯설어하면 어쩌지?

첫걸음

아무도 걷지 않은
눈 쌓인 길

첫걸음부터
뽀드득!
눈부시게 펼쳐진
눈길을

어느새 둘이서
기억 속으로
들어서고 있다
뽀드득 뽀드득!

매화꽃

몸이 아프다는 말은 못 하고
바쁜 일이 있어
이번 명절 못 간다 했더니
서운한 엄마 목소리

올해도
엄마 매실나무엔
내 생각이
이른 봄처럼
올망졸망 달려 있겠지!

복

웃어른께 큰절하고
덕담과 함께
봉투 속에 담겨 건네지는 너는
펼쳐본 사람마다
활짝 웃게 하는
요술 방망이

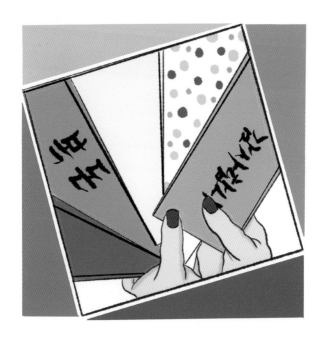

냉장고

이것도 지났네!
이것도 지나고
하나둘 정리에
날씬해진 냉장고!

그곳에
그대 생각이나
가득 채울까!

그대 생각은
유통기한 없는
부자 된 마음으로
머물 수 있게

동전

옷장 밑
틈에 쌓인
먼지를 치우니
동전이 나왔다

잊혀진 기억 속에
날 좋아했던
너를 만난 듯
반갑다

콩깍지

털어도
털어도
내 안의 그대 생각은
떨어지지 않습니다
콩깍지가 씌워진
마음속에서
시도 때도 없이
톡 톡
튀어나옵니다

가슴 깊은 곳에
쌓아둔 그대 생각이
떼어진 콩깍지 자리에
다시 붙으니까요

잠자리

다람쥐 쳇바퀴 돌 듯
내 마음속 그대는
봄, 여름, 가을, 겨울
계절도 잊은 채
같은 자리에서
맴돕니다
잠자리도 아니면서

네가 더 예쁜 날

벗꽃이 예쁜 공원
너와 손잡고
한 바퀴 또 한 바퀴
바람이 벗나무를 흔들며
너보다 예쁘다고
자랑을 한다

다시 봐도 예쁘다
너만은 못해도
예쁘기는 예쁘다

덩굴장미

담벼락으로
울타리로
뻗어나가
옆집
담벼락까지 덮고 핀
장미꽃

잘못 갔다
꽃이 찾는 너는
내 가슴에 있는데

콩나물

살짝 데쳐
아삭아삭해진 콩나물에
파 송송 썰어 넣고
콩나물무침을 만든다
식탁에 올린다
수저로 집어
입 안에 넣으면
외할머니 기억이 씹힌다

예쁜 가을

코스모스꽃이
바람에 한들거리면
짙은 가을이 생각납니다
코스모스 한 송이 따
한 잎 한 잎 뜯어
고백 대신
좋아한다로 끝냈던 시절

코스모스 활짝 핀 길에서
그때
길을 불러 놓고
그대 생각하며
활짝 웃고 갑니다

영춘화

봄이 오면
개나리보다
내 안에
먼저 꽃으로 피는 너

그 꽃을
닮겠다며
겨우내 기다리다
노란 별처럼 피는
영춘화!

청소기

봄맞이 청소를 했다
너는 윙 윙
소리를 내며
나를 도와주었다

네가 함께한
봄맞이 청소가 즐거웠다

네 덕분에
깨끗해진 집 안으로
상쾌한 봄 공기가
가득 들어왔다

꼭
너를 만났다
다시 만나자 약속하고
돌아올 때처럼
기분이 상쾌했다

은행잎

밤사이
두껍게 쌓인
은행잎을 밟다 보면
아뿔싸!
은행을 밟았다
그리움을 담았다면
구수한 느낌을 불러온다

낙엽

갑자기 불어대는 돌풍에
옷깃을 여미는데
낙엽은
여기저기로 흩어지며
좋아하는 표정이다

그래
그대를 만난다는
약속을 한다면
그대 생각도
내 안에서
낙엽처럼 좋아하겠지

메타세쿼이아 열매

메타세쿼이아 나무 아래
돋아난 민들레 옆으로
메타세쿼이아 열매가 떨어진다
민들레처럼 피고 싶었는지
꽃 모양이다

열매를 주워
민들레꽃을 그렸다
나도
가슴에
꽃으로 피어 있는 그대가
일편단심이라며
나도!

비타민

아!
시큼해

아!
달콤해

아!
씁쓰름해

다 느끼고 나면
십 년은 더
건강해지겠지
그대 생각하는 것처럼

별

가끔
밤하늘을
올려다보면
깜박깜박
운 좋게
너를 볼 수 있는 날!
별을 따서
가슴에 달았다가
보고 싶어
힘이 든 날

터졌다

하하하
호호호
억지로라도
웃어야겠다고 생각하다가

하하하
호호호
웃음이 터졌다

너를 보고 웃는
내 웃음소리가 크다
오늘 사랑 성공이다

장갑

건강 자랑하며
맨발에
운동화 신던 겨울

어느새
겨울바람과
거리두기
하고 싶은 나

장갑까지 낀다
손이 따뜻하다
네가
내 손 잡은 줄 알고
놀라긴 했지만
따뜻해서 좋다

마음의 꽃밭

따듯한
당신 말 한마디가
내 마음에 꽃을 피우고
향기로 가득 찹니다

예쁘게 키워
당신에게도 나누어 드리면
가슴으로 보듬어
당신 마음에도
꽃으로 피어나겠지요
만나는 사람 가슴에
향기로 채워질 수 있게
이만 당신 곁에
머물 수 있기를

벽화

꽃을 유난히도
좋아하는 당신!
당신을 위해
꽃을 심어야 했지만
나무 두 그루
그 사이에
그네만 달았습니다

이제
당신이 그네를 타고
향기를 나눌 차례입니다
꽃 같은 당신이 말입니다

자가격리

창밖에는
봄기운이
자유롭게 흐르고

창문 안에는
봄 햇살이
고요하게 흐른다

다 나를 위한 일
우리 모두를 위한 일

눈썰매

눈이 많이 내린 날
밖으로 나가 걷다가
눈썰매 타는 가족을 만났다

비닐 포대 들고
비탈진 곳을
오르내리던 나를 만났다

씽!
빠르게 내려가는 눈썰매

몸은 무거워졌지만
마음이 가벼워진 것은
다행이다
다행!

도리섬

썰물 시간이 지나면
갯벌은 순식간에 물이 차오른다
물이 들어오면
힘차게 엔진을 돌리며
분주해지는 아버지

오늘도
바다로 향하시는 아버지
아버지 태우고 바다 위를
아버지처럼 달려가는 도리섬

도리섬아!
우리 아버지 잘 부탁해

49

배우다

'아는 것이 힘이다' 말처럼
나의 모자란 부분을
채워가는 것도
새로운 것을
배우고 익히는 것도
용기가 필요하다

배운다는 것은 끝이 없다
봄 새싹 돋아나듯
내 마음에서도
새로운 용기가 돋아난다

웃음을 담고
행복이 돋아난다

네 잎 클로버

사람들이
행운이라는 뜻을 가진
너를 좋아하지

보물찾기하듯
너를 찾다 보면
시간이 빨리 지나가게 돼

너를 만나도
너를 만나지 못해도
즐겁고 행복한 걸 보면
너는 정말
그대처럼
행운이 분명해!

도넛

한 입 두 입 먹다 보면
불어나는 뱃살을
막을 수 없겠지만
오늘은
그냥 먹기로 했다
달달함 속에 빠질 수 있게
그대 생각
배부르게 할 수 있게

얼굴

생각하면
생각할수록
늘 새로운
당신 얼굴
꽃이 피었다가
구름이 되었다가
그래서
나는
당신이 좋아요
날 좋아해 준다면
더 좋고

딸기

코끝은
향기롭게

혀끝은
달콤하게

마음은
달달하게

딸기를 얘기했다
그대라면
놀랠까 봐
딸리라고 했다

미래에는

무척
힘이 들고
슬픈 지금도
시간이 지나면
참 쉬워진다

하지만
그대 생각은
반대
보고 싶은 마음보다
곱으로 그리워지니까

자전거

걷다 보면
자전거 타고
시원한 바람 맞으며
스쳐 가는 라이더를 만난다
멋지고 부럽다

자전거를
타지 못하는 나
그래도 봄이 되면
자전거를 탄다
휘파람을 불면서

내 안에 자전거가 달린다
봄 길을 달린다

깍두기

단단한 무를
일정하게 잘라
소금에 절였다가
찹쌀풀, 다진 마늘
까나리액젓, 설탕을
고춧가루와 함께 넣고
버무리니 깍두기가 되었다

오늘 만든 깍두기를
행복하게 먹어줄
가족들 생각에 웃음이 나온다

먹으면서
맛있다고 엄지척해 줄
그 생각에
벌써부터 마음 부자가 된다

향기처럼

은은한 봄 향기처럼
그대 마음 안에서
잠시라도 머물 수 있다면
은은한 봄 향기처럼
꿈속에라도 머물다 갔으면

그 생각에
내 안에 꽃을 피우며 기다렸고
이 생각에
내 안에 열매 달고 기다렸다

보석처럼

점심을 먹고
커피까지 마셨는데
나른한 오후!

도란도란
이야기 소리에도
눈꺼풀이 내려앉는다

그런 나를 보며
방긋 웃는

그대 미소가
보석처럼 반짝인다

빨래

밀린 빨래를 종일 했다

섬유유연제 향기가
온 집안을 채우고
바람이 살랑거린다

햇살 쏟아져 들어오는
베란다에 앉아
그대 생각을 꺼낸다
꽃길을 걷듯
향기 따라 걷는다

걷다가
걷다가
부드러운 향기에
포로가 된다

목련꽃을 보면

처음도 아닌데
처음처럼
가슴이 방망이질을 한다
두근두근
소녀가 된다

산벚꽃 피면은

쭉쭉 뻗은 나무들이
연두색 잎을 내밀고
진달래와 산벚꽃이
가득 피면
소주 사들고 올게요

그곳 삶을 잘은 모르지만
그리워하던 아버님 만나
행복하게 지내시지요?

숲

앙상했던 나뭇가지에
새순이 돋아나
연초록으로 변했다

피톤치드 풍성한
숲길을 걸었다
새소리가 정겹다

신록의 계절!
그대 생각이
여름처럼
내 마음을 숲으로 만들었다

연습

반복되는 일상
되풀이되는 그대 생각
하지만 늘 낯설다
노력 중

나비

나비는
꽃 속으로
날아들고

당신 생각은
내 마음속으로
날아들고

나비는
꽃이 받아들이고
당신 생각은
그리움이 받아들이고

엽서

엽서에
네 잎 클로버를 붙이고
한 줄 한 줄
마음을 적었다

오늘도
엽서를 붙이는 나는
그대 생각으로 가득

상추

마트에서
상추를 사 왔다
갓 지은 밥에
시골 된장 곁들여
크게 한 쌈

맛있는 밥상
고기 없어도 맛있다
상추를 상에 올렸던

어머니
어머니 생각에
더 맛있다

클로버 이야기

건강해야 한다며
친구가 걷자 해서
걷기를 시작했습니다

친구가, 네 잎
클로버를 수집하는 걸 보고
나도 네 잎 클로버를 찾다가
한 잎에서 아홉 잎까지 만났습니다

클로버 한 잎은 희망
두 잎은 믿음
세 잎은 행복
누구나 좋아하는 네 잎은 행운!

다섯 잎은 금전 운
여섯 잎은 명성 운
무한 행복 일곱 잎도 만났습니다

가정의 번영과

가정의 행복 여덟 잎과

기적의 의미 아홉 잎까지

매일 걷는 공원에서 만났습니다

매일 매일

행운을 만납니다

베푸는 행복

나누는 행복

행복에 중독되었습니다

부채

더위를 식히려고
부채질을 한다
어느새
그대 생각이
모락모락

그리움은
더위도
부채도
어쩌질 못한다

노란 민들레

장소를 가리지 않고
여기저기 피어
예쁜 민들레

꽃이 지면
씨앗을 달고
여기저기로 날려 보내는데
혹시
그대가 씨앗이라면
내 가슴에 싹을 틔울 텐데

봄맞이꽃

봄을 알리는 전령사
촉촉한 강둑에
앙증맞게 핀 민들레

나는 너를
두 눈에
마음에
가득 담고
그대를 기다린다

바람이 씨앗을 날리듯
그대를 만났으면 좋겠다

분별 있는 애정

내가 맺은 인연이
청산유수 같다는 말보다
감사한 마음을 담고
정을 나누고 싶다

마음 튼실한
내가 되고 싶다

언제나 한결같이
그대 앞에서
기다림을 즐길 줄 아는
그런 사랑을 하고 싶다

강

밀리는 고속도로를 피해
국도로 달리다가
금강 휴게소에 들렀다

충청남도와 전라북도의
경계를 이루는 강!
클로버꽃이 탐스럽게 피었다
네 잎 클로버를 찾다가
다섯 잎 군락지를 만났다

서로 다섯 잎 클로버를 따겠다고
경쟁이 벌어졌다
그 모습이 좋아
동생들과 한참을 웃었다

휴게소에서
클로버를 찾았던 시간!
가슴 한켠에
클로버처럼 행운을 저장하고
다시 국도를 달렸다

고속도로로
행운이 달린다

그때처럼

걷다 보니 꽃집 앞
꽃들이 뿜어대는
향기가 달콤하다

노란 장미
한 송이를 샀다
집으로 오는데
발걸음이 설렌다

당신을
만나러 가던
그때처럼

노트

항상 곁에 두고
자주 사용한다
요즘은 일상을 메모한다

부족한 표현을 적고
다듬고
내 안의 감성을 두드린다

내 마음은
온통 노트다
일상을 적고
행복을 저절로 다듬어 주는

사과

꽃이 진 자리에
열매가 달렸다
작고 푸른
열매가 달렸다

꽃이 피었다가
열매였다가
늘 웃음 넘치는
우리 집처럼
희망으로 달렸다
사랑으로 달렸다

그림 • 김경옥

소나무 2

너를 닮고 싶어
늘 푸르게
변함없이 서 있는 너를
내 안에
너를
동구 밖 소나무처럼 심고
기다리고 싶어

아카시아꽃의 계절

여기에서도
저기에서도
아카시아꽃을 만난다
꽃마다
향기를 담고 있는 아카시아

꽃 속에 고향 마을이 있다
함께 자란
친구들이 있다
그리움을 깨우기 위해
늘 피어 있다
여름으로

이팝나무 3

하얀 눈이 쌓인 듯
유난히 많이 핀 이팝나무꽃
네가 많이 피면
풍년이 든다고 하던데

올해는 바쁜 일상을 지우고
너에게도 웃음꽃이
풍년 들었으면 좋겠다

있다

타박타박
걸음마다
행복이 있고
행운이 있고
웃음이 있다
사랑도 있다

타박타박
걸음마다
네가 있다
웃으며 걸어오는
네가 있다

사랑으로

참새
방앗간 드나들 듯
오며 가며 들러
네 잎 클로버를 만난다
배롱나무 아래 클로버밭

갈 때마다
네 잎 클로버를 내민다

만나는 사람마다
행운을 선물하기 위해
내 안에 담았다
사랑으로

봄

봄이 되면
새싹이 돋고
꽃이 핀다

이어달리기하듯
먼저 핀 꽃이
새로운 꽃에게
자리를 준다

자리를 받은 꽃!
후회 없이
봄을 이어받는다

봄이 깊어져
끊임없이 꽃자리를 이어받아
꽃길을 만든다

내 안에
길을 담고
온 봄을 꽃으로 만든다

뽕나무

아직은 파랗다
먹으면 소화가 잘되어
방귀를 뽕뽕
뽕나무가 되었니?

아니면
가슴에
그리움을 가득 담아
뽕 뽕
자꾸 생각나게 만들어
뽕나무라고 했니?

가로등 2

가로등은
사람들의 안전을 위해
길을 따라 비춰 주어야 하는데

오늘 밤은
하루살이와 날파리
풍뎅이와 불나방까지 모여
무도회를 열고 있다

그래도 다행인 게
내가 걷는 길은
분위기 살려가며
아침처럼 밝혀준다

세탁기

세탁기 버튼만 누르면
빨래가 저절로 되는 것 같지만
옷을 구분하고
세제와 섬유유연제 넣고
버튼을 누르는 것도
나의 몫

헹굼과 탈수가 끝나면
세탁기에서 꺼내
건조시키는 것도
나의 몫

고맙다
너 때문에
바쁜 일상을
잠시 내려놓을 수 있어서
이 고마움을 전하는 것도
나의 몫

친구

내가 그랬듯이
너도 아팠구나!

말하지 않고
표현하지 않으면 몰라

우리 표현하자
건강해서
웃는 얼굴로도 표현하자

넌
춤출 때가 제일 예뻐!

들꽃

들에 핀
네가 너무 예뻐서
속마음 감추지 못하고
이름을 물었더니
대답을 안 하는 너!
예쁘다

말은 안 했지만
그대를 닮아
너무 예뻐!

반딧불

어린 시절
흔하게 볼 수 있었던 반딧불
지금은
보이지 않는다
추억 속
숲으로 가볼까?
그곳에는 지금도
그때처럼
노란빛을 내는 반딧불이
날고 있겠지

반딧불이 난다
내 바쁜 일상 속으로
잠시 웃던 모습이
반딧불처럼 난다

버섯

먹꽃과 너는
핀 모양이 닮았다
먹꽃이 물을 먹고 피듯
너도 물을 먹고 핀다

햇빛이 없어도
둘 다
꽃처럼 핀다

물방울

풀잎 위에 동글동글
크기가 다른
무늬들이 빛을 받아
반짝반짝
내 안의 너처럼
반짝반짝

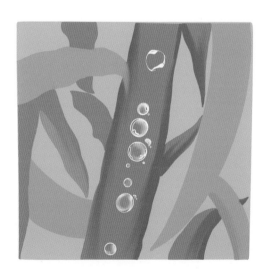

뭉게구름

비 갠 하늘에
뭉게구름
뭉게뭉게 피어올라
참 예쁘다
내 안에도
그대 생각
피어올라
참 그립다

꽃비

꽃피는 봄날에
너를 만날 수 있지
너는
가벼운 바람에도
흩뿌리는 비에도
쏟아져 내려

나는
가볍게 내리는 비처럼
흩뿌려지는 너를
만나지
바람도 비도 좋지만
나는 네가 더 좋다

장마

끈끈한 너의 온도
부담스럽다
하지만
보고 싶은
마음이라 생각하니
뽀송뽀송

꽃

누가 너를
꽃이라 했는지
참 예쁘다
나를 두고
하는 말이지만
정말 예쁘다

칭찬

할수록
받을수록
커진다
사랑처럼

사랑도 아니면서
사랑을 흉내 내도
밉지 않다

포도

식당 휴게실 앞
겉으로는
잎만 무성한 포도 넝쿨
안으로 들어서니
천장 가득
열매가 달렸다
그래
사랑은 이런 거야
보이지 않아도
보고 싶은 사람 생각이
가득 담긴

핑계

이런저런
온갖 이유가
붙어도
핑계는
핑계다

내가 너를 좋아할 때
아무렇지도 않은 듯
표정을 고쳐도
마음은 바꿀 수 없듯
핑계는 핑계다

전화

공간은 달라도
안부를 묻고
이야기를 나누다 보면
함께 있는 것처럼
시간이 빨리 간다

같은 공간
같은 마음을 만드는
전화
너 다음으로
든든한 친구다

능소화

기댈 곳만 있으면
늘어져 피었던 너
나팔 모양 같기도 하고
깔때기 모양 같기도 하고

붉기도 하고
누르스름하기도 하고
누구를 닮지도 않았는데
너에게 자꾸
눈길이 간다

이유 없이
눈길이 간다

끓인 물

구기자 볶아
한 주전자 끓이는 게
주전자 속에서
자꾸
그대 생각이 난다
온 집 안이 구수하다

드레스코드

이번 여행
드레스코드는
쨍하고
예쁜 색으로
입고 오라는
기별을 받았다

옷장에는
온통 블랙과 화이트뿐
오래전에 한 번 입고
깊숙이 넣어둔
녹색 셔츠를 입었다

정해진 장소에서
모인 우리는
드레스코드만큼
쨍하게 웃었다

다시 생각해도
웃음꽃이 터지는
드레스코드

가슴에 담긴 들판은
함께 걷자며 손을 잡는다

에어컨

더위가 시작되면
너를 향한
강한 집착이
시작된다

하루도 쉴 수 없게
너를 찾아
미안할 지경이다

집착에 뒷걸음질 치는
사람들과 달리
에어컨은 싫다고 않는다

투영

넓은 하늘
군데군데
여백을 남기고
뭉게구름이
멋지다

잔잔한 강물도
그 모습이 멋졌는지
그대로 담고 있다

너는 빛의 그림자
나는 너를 담은 강

긍정

안마기에 앉아
전원을 켜고
내가 좋아하는
메뉴를 선택하면
음악과 함께
긍정의 말이 나옵니다

"나는 오늘 긍정으로
나를 가득 채울 것입니다"

크게 소리 내어
따라 하는 나
긍정으로 가득합니다
내 안에 넘칩니다

반응

안부를 묻는 나에게
좋다고
고맙다고
답이 오면
마음이 헤죽헤죽

내가
답을 적은 것처럼
얼굴도
헤죽헤죽

소나무 3

계절이 바뀌어도
늘 푸르게 서 있는 너
꽃필 때
너도 새잎이 돋아난다
내 가슴에도
소나무가 있다
늘 봄처럼
싱그러운 잎을 달고
보고 싶게 만드는 너
소나무가 자라고 있다

매미

오랫동안
기다려온 여름
맴 맴맴 맴
우렁차게도 매미가 운다
이제
사랑해도 돼

내 마음 어찌 알고
기를 쓰고 알린다

사랑초

먹는 건
햇살과 바람
그리고
물뿐인데

내 사랑을
받아서일까!

너는
하얀 꽃을 피워
사랑스럽다

그 사랑
나처럼
끊어지지 말라고
흙을 덮어 주었다

병꽃나무

며칠 동안 부어대던
물 폭탄 속에서도
잘 견뎌내고
곱게 꽃을 피운
병꽃나무!

치열했던 시간 뒤로
아름다운 내 모습이 보인다

열심히 살고
즐겁게 살았다
수고했다
토닥
토닥

터널

고생했어
이제
터널 끝에는
밝음이 있듯
너의 앞길에도
넓은 길이 펼쳐질 거야

내가 나에게 말하고
직접 들은 것처럼 좋아한다

그림 • 김경옥

행운의 주문

매일
거울을 보며
주문을 건다
"사랑스럽다"

주문을 걸 때마다
거울이 반응한다
"사랑스럽다"

이 거울
내 마음에도 있다
일상에서
꽃을 봐도 꺼내 보고
보람 있는 일에도 꺼내 보고
너를 두고 하는 말
"사랑스럽다"

좋아하다 보면

때론
쓰고 있는 우산에
내 어깨 한쪽이
다 젖어도 모를 만큼
그대에게
흠뻑 젖고 싶은 것
그게 사랑인 줄 모르고
계속 걷고 있는 것

행복한 순간

창틈으로
들어온 햇살을
사랑하는 일도

상쾌한 공기를 마시며
하루를 시작하는 일도

붉고 샛노란
단풍잎을 밟고 걷는 일도

발아래 떨어지는
도토리 한 알도

계절을 잊은 꽃을
만나는 순간도

찰라

소원 빌
틈도 없이
휙, 지나가는
별똥별 흔적만큼
시간이 적어도 좋다
그리움 속 그대를
볼 수만 있다면

다짐

언제나 밝고
명랑한 일상 속에서
나를 만나자고
다짐한다

혼탁한 마음
지우기 위해
숲속으로 걸어간다

내 안으로
햇볕이 들어온다

성실한 삶

늦은 밤
쓰레기 수거하는
아저씨들의 일상도
밤하늘을 가득 채운
별들 중 하나

모든 것이 어울려야
넉넉한 밤을 만들 듯
이들 아름다운 노동이
평화로운 세상을 만든다
행복을 함께 만든다

까마중

언제 싹을 틔우고
꽃이 피고
열매가 달렸는지
까맣게 잊고 있던
까마중

틈을
내어준 적도 없는데
화단 모퉁이에 자라 잡고 있다

내년에는
네가 들어올 틈은
남겨둘게
약속!

2박 3일

초등학교 은사님 모시고
동창들과 관매도 여행

옛이야기 하면서
배에 올랐다
도란도란
이야기 소리에 실려
배가 떠간다

맛있는 고향 음식
한바탕 웃음으로 보낸 시간
고맙다
제자들과 함께 해주신
선생님은 더 고맙다

덕질

엄마! 당첨 잘 되지?
하고 물으며 내민
스크래치 복권
조심조심 긁다가

"꽝"!!
아쉽지만
그래도 사랑해

그녀는
"꽝"이어도
사랑해
이 단어에
함성을 질렀다

불꽃놀이

고향 바닷가 백사장에서
조카와 불꽃놀이를 준비했다

고요한 밤
고향 어르신들
초저녁잠 깨울 수 있는 폭죽 소리

어른들께는 죄송하지만
조카에게는 신나는 선물!

오늘 밤은
잠시 조카 편에 섰다
화려한 불꽃놀이 진행 중

때

지나면
다시 돌아올 것
같지 않은 그 시기

하지만
아직 이르니까
너무 상심하지 말길

순비기꽃

백사장 여기저기
순비기꽃이 피었다
어린 시절
잘 익은 열매를 따
여름 햇볕에 말려서
베개를 예쁘게 만들어 주셨던
외할머니!

모기 쫓기 위해
쑥불 피우고
베개 베고 누운 내 곁에서
부채질까지 해주셨는데

순비기꽃 속에
할머니가 계신다
부채질하며 계신다

감

몰캉해도
맛있고

단단해져도
맛있고

말려도
맛있는 너

꼭
애인처럼 좋아하는
너의 이름은
홍시!

차선 변경

우회전
깜빡이를 켜고
왼쪽
또 왼쪽

내 차 앞으로
갑자기 들어온 차
당황했다

사랑도 아니면서
깜빡이도 안 켜고
훅 들어오는 차는
싫다 정말 싫다

노을 3

정열적인 빛
노을 앞에서

지친 심신을
위로받고

방황하는 현실과
타협한다

그대를 만난다
나를 사로잡는다

여행 2

여행을 떠난다
낯선 곳에 대한
끝없는 상상
가슴은 설렌다

넓은 들판
푸른 바다
높은 산이
잡힐 듯 다가온다

여행은, 늘
마음을 풍요롭게 만든다

여행에서 돌아가면
그대를 만나야겠다
풍성해진 마음을
나누어야겠다

터졌다 2

택시를 탔다
목적지가 한참 남았는데
웃음이 터졌다

기사님 휴대폰으로
전화가 왔다
"동료 아무개"

전화를 받고
주고받는
질문 속에
어디긴 어디야
길이지

"길이지"에
내 웃음이 터졌다
기사님도 터졌다

스크래치

검정 보드 위에 그려진
그림 선을 따라
조심해서 스크래치

스크래치는, 주변 보드를
스크래치 나지 않게 하는 게
포인트!

몰입의 끝장 판
오늘 완성된 꽃사슴은 멋지다
보고 싶은 사람
얼굴까지 생각나는 걸 보면

귀뚜라미

동생과 편의점에서
헤이즐넛 커피 들고
아파트 정자 아래 앉았다
귀뚜라미 소리가 들린다

저녁이면
선선한 바람이 불더니
그 바람에 실려
가을보다 정자 아래로 먼저 온
귀뚜라미 소리는
아르페지오!

기타 연주음처럼
함께 들으면 좋을 화음이다
그대 생각까지 나고
참 좋다

첫눈

한 골만 더
제발 한 골만 더
간절하던 그 순간!

월드컵 전사들은
해내고 말았다
골인!

온 나라가
한마음 한뜻 되어
두 손 꼭 잡았지

우리 마음을 알았는지
기쁨을 더하자며 첫눈이 내렸지
함께 축하하며 8강도 응원했지

그 기쁨!
우리 가슴에 쌓여
눈이 녹아도 그대로 있지

풍선덩굴 씨앗

보는 순간
하트를 발사하는 너에게
누구나 빠지게 되지

너를 볼 때마다
나도 반할 수밖에 없었어

그래서일까
우린 금방 사랑에 빠졌지
모든 순간이
사랑으로 변했지

거미

높은 육교 아래
실처럼 가는 줄
여러 겹 치고
물구나무서기 하는 거미

심신 단련 중인지
명상 중인지
아슬아슬

멋지다
칭찬에도 꼼짝 않는다

오직
먹이 기다림이
살길이라는 것처럼

말

가는 말이 고와야
오는 말도 곱다잖아요

우리
입을 나서는 말 잎에
꽃을 놓아요

말할 때마다
향기가 나
서로에게 반하게

향초

좋은 향기에
예쁜 색을 품고
단단하게 굳어진 향초!

화선지에 글씨를 적어
향초에 붙였다
작업을 마쳤다

멋진 선물
너에게 전할 생각에
입가에는 미소가 가득
마음에는 향기가 가득!

핑계비

어제는 영상 8도
오늘은 영상 12도
봄이 온 줄 알았다

그랬던 날씨가
늦은 밤
반가운 비를 내린다

내일도 하루 종일
비, 너를 만났으면 좋겠다

부끄럽지만
말해야겠어
나는 네가 좋아

겨울 바다

거센 파도를
겹겹이 몰고 와서
매서운 바람으로 불더니
썰물을 따라
바람을 멀리 보낸다

잠잠한가 싶더니
다시 파도를 부르고
바람까지 데리고 왔다

겨울 바다는
맑았다 흐려지는
나를 닮았다
그러면서 더 그리운
너도 닮았다

철새

달리는 차 위로
엄청난 철새 떼가 지난다

어디로 날아가는지
하늘을 수놓고
빠른 시간처럼 지나갔다

창문을 열었다
찬 겨울바람이 들어왔다가
철새 떼처럼 지나갔다

철새도
겨울바람도 나처럼
따뜻한 봄날을 기다리겠지

물소리

온도가 영상으로 올라갔다
얼었던 눈이 녹아
돌 틈 사이로 물이 흐른다

발길을 멈추고
물소리에
귀 기울인다

가슴 속에서
그리움이 흐른다
이제 새싹 돋으면 되겠다

분꽃

시골 돌담길 사이로
분꽃 향이 안개처럼 퍼진다

달큼한 향기는
아카시아꽃을 닮아
내 안에서
옛 친구들을 불러낸다

친구들이 모인다
분꽃 향기로 모인다

일방통행

자동차는
일방통행 도로에서만
한 방향으로 가지만

그대 생각은
언제나 일방통행
그래도 좋다
너에게만 가니까!

할미꽃 씨앗

솜사탕 같기도 하고
민들레 씨앗 같기도 하고
내 마음에
그리움으로 담긴
당신 같기도 하고

그렇다고
당신도
할미꽃 씨앗처럼
어디론가
떠나는 건 아니겠지요?

2부

선물 받은
시간

우양순 작가님

글벗문학회 캘리분과 회원
첫눈에 반하다 캘리그라피 초대작가
정태운 시인 시집(사랑도 와인처럼) 표지 글씨 및 1부 캘리그라피 참여

봄 꽃

시골돌담 길사이로
봄꽃향이
안개처럼 퍼진다
달콤한 향기는
아카시아꽃을 닮아
내안에서
옛친구를 불러낸다
친구들이
보인다
봄꽃향기로 보인다

백련 허정아 흥후유송쓰다

Calligraphy by

김학주 시인 시집(사랑별꽃) 캘리그라피 참여
시집 다수 캘리그라피 참여
인스타: wys_0228

153

계신다
부처님 한
하며 머리가 계신다
눈비기 꽃 속에
합니가 계신다

세 게 게 길게 베 온
이 부처님 닮은
뽁 속에 우고
세기 끝에 우고
깨기가 가늠한
만이 한 마니

들어 주겠건
베기 끝에 에비
얼굴 분에에 에비
깔아 향그발아서
어디 (너) 분불 없는
눈비기 꽃, 에비가기
백산 딸기 끝,에비가기이
백천하염가 詩
무송 쓰다

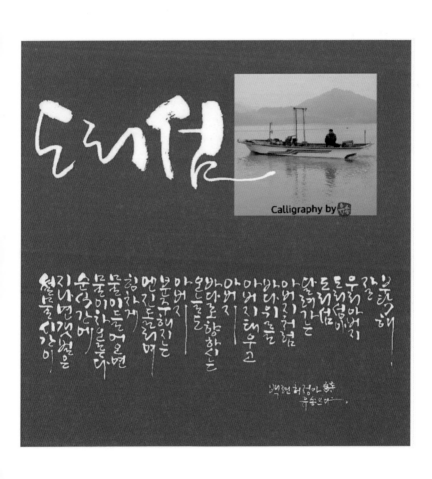

156

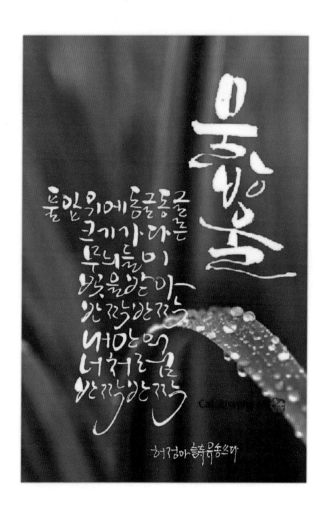

물방울

물잎 위에 동글동글
크기가 다른
무늬들이
맺혀있는 아
빗방울방울
바람에
너처럼 내
방울방울

Calligraphy by

허경아 詩 유송조 다

157

밀양동행

자동차는
밀양동행
도로에서만
한방향으로가지만
내안의그대생각은
언제나
밀양동행
그래도좋다
너에게만
가까이

맥련허정아詩
유송쓰다

Calligraphy by 유송

158

159

투영

넓은 하늘
한가운데군데
여백을 남기고
문게그름이
멋지다

잔잔한 강물들
그 모습이 멋졌는지
그대로
담고있다
너는 뭇의 그림자
나는
너를 담은 강

허정아 詩 유솔 쓰다

Calligraphy by 솔

160

잠자리

아침에
첫발 내딛듯
내 마음속 그대는
봄
여름
가을
겨울
계절도 잊은 채
갈무자리에게서
맴돕니다
잠자리도 아니면서

백련 허정아 詩
무송 쓰다

벚꽃이 예쁜 공원
너와 손잡고
한바퀴 또 한바퀴
바람이 벚나무를 흔들며
너보다 예쁘다고
자랑을 한다
다시 봐도 예쁘다
너만은 못하지만
예쁘기는 예쁘다~

허정마 · 네가 더 예쁜날

이영희 작가님

한국 두드림 드림아트 소속 강사
중·고등학교 캘리 강의
강원 경제신문 '감성시인 안동석 감성시' 캘리 작품 연재 중
인스타: lyh5202

비 갠 하늘에 하늘 뭉게뭉게 구름 피어오르라 참예쁘다 내 안에도 그댓 생각 높이 올라 솜구름 헝클아 뭉게구름

Calligraphy Design by JARYEONG

163

눈이 많이 내린날
밖으로 나가 걷다가
눈썰매 타는 가족을 만났다

비닐 포대들고
비탈진곳을
오르내리던 나를 만났다

씽!
빠르게 내려가는 눈썰매

몸은 무거워졌지만
마음이 가벼워진것은
다행이다
다행!

허정아 / 눈썰매

늦은 밤
쓰레기 수거하는
아저씨들의 일상도
평화로운 도시의
밤하늘을 가득채운
별들중 하나

모든것이 어울려야
넉넉한 밤을 만들듯
이들 아름다운 노동이
평화로운 세상을 만든다
행복을 함께 만든다

허정아 ‚ 성실한 삶

165

누가 너를
꽃 이라 했는지
나를 두고
하는 말
이지만
정말 예쁘다—

백련 · 꽃

Calligraphy Design by JARYEONG

시골 돌담길 사이로
분꽃향이
안개처럼 퍼진다
달콤한 향기는
아카시아 꽃을 닮아
내 안에서
옛 친구를 불러낸다
친구들이
모인다

분꽃향기로
모인다

허정아 | 분꽃

앙상했던 나뭇가지에
새순이 돋아나
연초록으로 변했다

피톤치드 풍성한
숲길을 걸었다
새소리가 청명다

신록의 계절!
그대 생각이
여름처럼
내마음을 숲으로 만들었다

허정아 · 솔

꽃피는 봄날에
너를 만날수 있지
너는
가벼운 바람에도
흩뿌리는 비에도
쏟아져 내려

나는
가볍게 내리는 비처럼
흩뿌려지는 너를
만나지
바람도 비도 좋지만
나는 네가 더 좋다-

허정아 · 꽃비

보는순간
하트를발사하는
너에게
누나다 빠지게되지)
너를볼때마다
나도반할수밖에없었어
그래서일까
우린금방사랑에빠졌지
모든순간이
사랑으로변했지

- 둥근덤굴씨앗, 쉬었아서 -
길에가 적어보다 20.1.26. 木 08:30
8기반깨째

© Gil_Calligraphy

유상길 작가님

캘리그라피 작가
인스타: gil_calligraphy

검정보드위에

그려진 그림선을
따라조심해서

스크레치

스크레치는 주변보드를
스크레치 나지않게하는게

포인트

몰입의 끝장판
오늘완성된꼴사슴은

먼지다보고싶은
'사람얼굴까지
생각나는걸보면

스크레치. 허정이 —
길이가정어보다
21. 2. 18. 06:40
96번째

171

봄이
아프다는 말은
못하고 바빠쁜일이있어
이번명절 못간다
했더니서운한
엄마목소리
올해도엄마 매실
나무엔내생각이
이른봄처럼올망졸망
달려있겠지

— 매화꽃, 희망아지 —
길이가 헤어보다
23. 9. 6. 저 05:10
102번째

ⓒ Gil_Calligraphy

172

시과

꽃이진자리에
열매가달렸다
작고푸른
열매가달렸다
꽃이피였다가
열매였다가
늘웃음넘치는
우리집처럼
희망으로
달렸다 사랑으로
달렸다

- 시과 희망이네 -
해가질어보다 23. 4. 9. B 05:13

들꽃

들에핀
네가너무예뻐서
속마음감추지못하고
이름을물었더니
대답을안하는너
예쁘다
말은안했지만
내안의그대를
닮아너무
예뻐

들꽃. 희정아서 —
꽃이가깁어본다
22. 3. 26. 06:10

© Gil_Calligraphy

174

어제는영상8도
오늘은영상12도
봄이온줄알았다
그랬던날씨가
늦은밤 반가운
비를내린다
내일도하루종일
비너를 만났으면
좋겠다 부끄럽지만
말해야겠어
나는네가
좋아

- 킷비 비, 임영웅 -
오디오 캘리그라피 ㅇㅇ, ㅇ ㅇㅇ 중
9무번기녀

ⓒ Gil_Calligraphy

ⓒ Gil_C phy

175

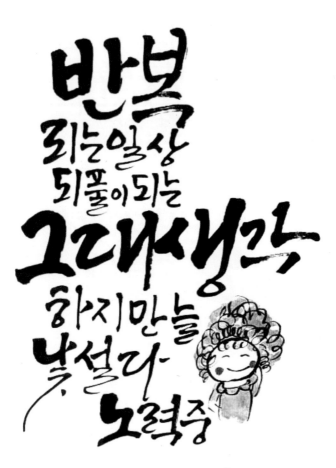

반복
되는일상
되풀이되는
그대생각
하지만늘
낯설다
노력중

- 연습 · 허정아시 -
길이가적어보다
23.2.9 * 06:50
93번째

176

공간은
달라도
안부를묻고
이야기를 나누다보면
함께있는것처럼
시간이
빨리간다
같은공간
같은마음을
만드는전화
너다음으로
든든한친구
다-

- 지훈, 거친하게 -
이 수북하보다
하늘 고..여향
여기서c

by Calligraphy

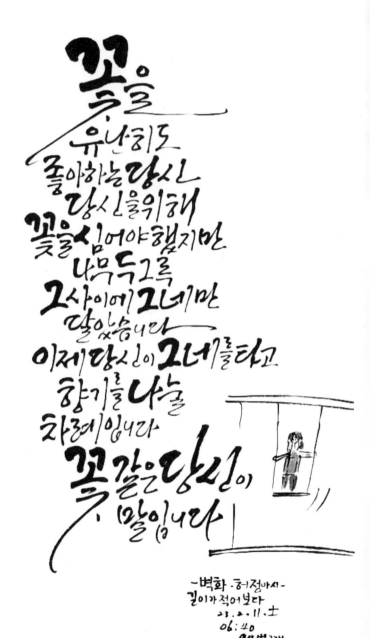

꽃을
유난히도
좋아하는 당신
당신을 위해
꽃을 심어야 했지만
나무 두 그루
그 사이에 그네만
달았습니다
이제 당신이 그네를 타고
향기를 나눌
차례입니다
꽃 같은 당신이
말입니다

~벽화·허정아씨~
길이가 적어보다
23.2.11.土
06:40
94번째

© Gel_Calligraphy

178

꽃비

꽃피는 봄날에
너를 만날 수 있지
너는 가벼운 바람에도
흩뿌리는 비에도
쏟아져 내려
나는 가볍게 내리는 비처럼
흩뿌려지는 너를 만나지
나는 네가 더
좋다

- 꽃비. 되영아씨 -
글이가 적어보다 -
23. 4. 6. 木 04:49. 봄비오는새벽.

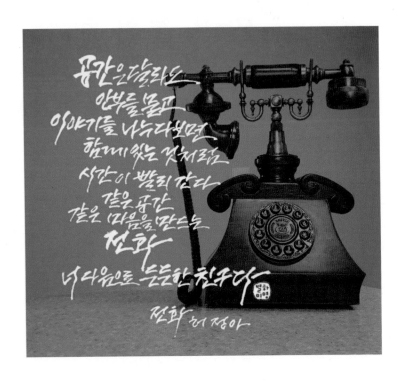

공간은 달라도
안부를 묻고
이야기를 나누다보면
함께 있는 것처럼
시간이 빨리 간다
같은 같은 공간
같은 마음을 만드는
전화

너 다움으로 든든한 친구다

전화 이 정아

이미영 작가님

캘리그라피 작가
한국JD아트센타 소속 강사
한빛서각회원, 팝아트연구회원
인스타: byeolha_miyoung

유회전
깜빡이를 켜고
왼쪽 또 왼쪽
내 차 앞으로
갑자기 들어온 차
당황했다

사랑도 아니면서
깜빡이도 안 켜고
쑥 들어오는 차는
싫다 정말 싫다

차선 변경
허 정아

181

매일
거울을 보며
주문을 건다
"사랑스럽다"
주문을 걸 때마다
거울이 반응한다
"사랑스럽다"

어쩜
내 마음에도 있다
일상에서
꽃을 봐도 꺼내보고
보람있는 일에도 꺼내보고
너를 두고 하는 말
"사랑스럽다"

행운의 주문 / 허정이 —

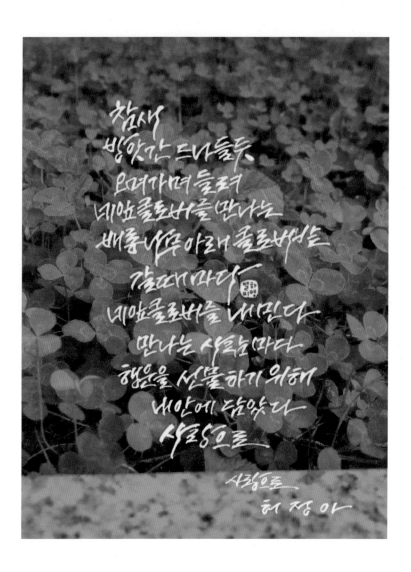

참새
방앗간 드나들듯
오며가며 들려
네잎클로버를 만나는
배롱나무 아래 클로버밭을
갈때마다
네잎클로버를 내민다
만나는 사람마다
행운을 선물하기 위해
내안에 담았다
사랑으로

사랑으로

허 정 아

183

거센 파도를
철썩이 몰고 와서
매서운 바람으로 붙더니
썰물을 따라
바닷물을 멀리 보낸다
잠잠한가 싶더니
다시 파도를 모르고
바람까지 데리고 왔다
겨울 바다는
맑았다 흐려지는
나를 닮았다
그리워서 더 그리운
너도 닮았다

겨울 바다 · [印]
허정아

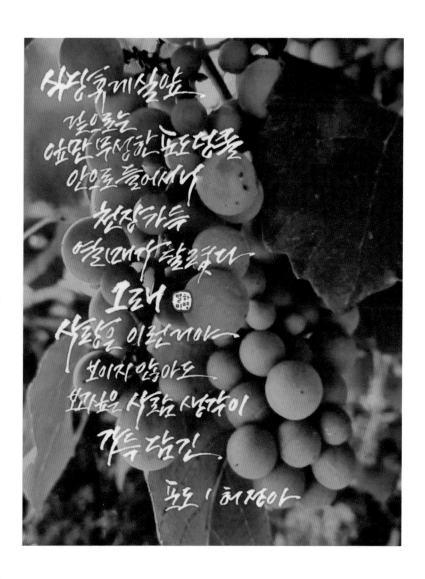

사랑하게살아요
걸으로는
없만 무성한 포도덩쿨
안으로 들어서니
천장가득
열매가 탐스럽다
그래
사랑은 이런거야
보이지 않아도
오가는 사람 생각이
가득 담긴

포도 / 허정아

185

갑자기
불어대는 돌풍에
옷깃을 여미는데
낙엽은
여기저기로 흩어진다
좋아하는 표정이다
그대여

그대를 만난 나는
약속을 한다면
그대 생각도
내 안에서
낙엽처럼 좋아하겠지

낙엽 · 허정아

안부를 묻는 내에게
돕다고
고맙다고
답이오면
마음이 해줘해줘
내가

남을 작은것 처럼
아무 줄도
해줘해줘

반응 • 허정아

187

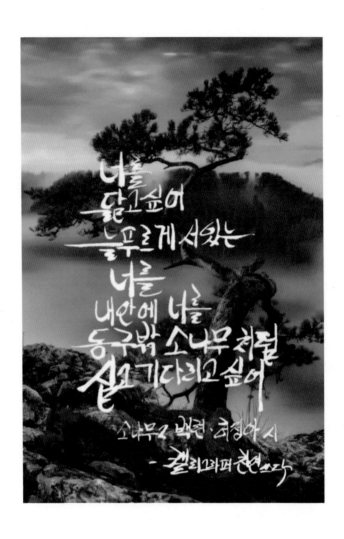

나를
닮고 싶어
늘 푸르게 서 있는
너를
내 안에 너를
동구 밖 소나무 처럼
쉽고 기다리고 싶어

소나무 2 백련·최정아 시

- 캘리그라퍼 천연 쓰다

황찬연 작가님

캘리그라피 작가
글 쓰는 바리스타
인스타: calli_bariffe

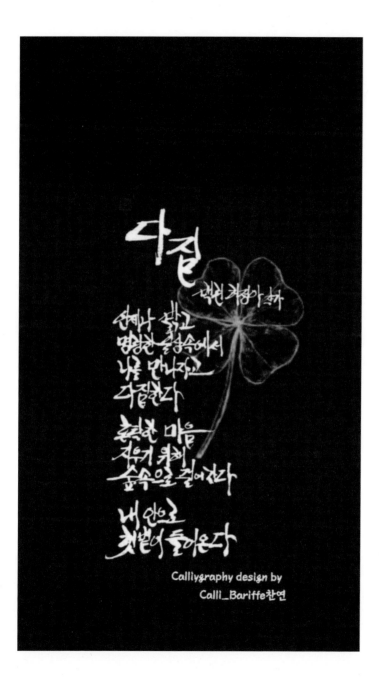

189

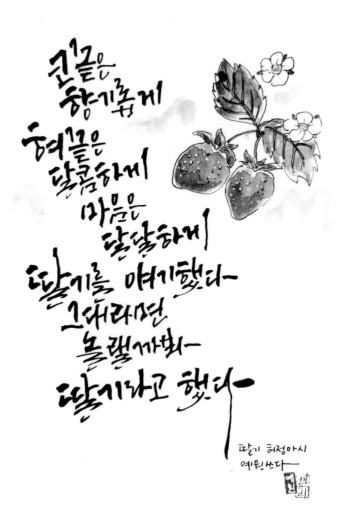

코끝은
향기롭게
혀끝은
달콤하게
마음은
달달하게
딸기를 여기했디~
그대라면
놀랠까봐~
딸기라고 했디~

딸기 허정아시
예원쓰다~

손영경 작가님

복지관 및 주민센터 캘리그라피 강의
복지관 및 주민센터 사군자 강의
강암 서예대전 문인화 우수상 2회
행주대첩 전국휘호대회 문인화 최우수상 등
인스타: calli_mucktong

네가
흐르는 소리에
내 마음도

흐른다
사랑이
물처럼
물이
사랑처럼

물소리 · 허정아시
예원쓰다

그때처럼

걷다 보니 꽃집 앞
꽃들이 뿜어대는
향기가 달콤하다.

노란 장미
한송이를 샀다
집으로 오는데
발걸음이 설렌다.

당신을
만나러가던
그때처럼

그때처럼 · 허정아 시
여린쓰다

말

백련 허정아

가는 말이 고와야
오는 말도 곱다잖아요

우리
입을 나서는 말 잎에
꽃을 놓아요

말 할 때 마다
향기가 나
서로에게 반하게

유영 안철수 쓰다

안철수 작가님

캘리그라피 작가
시인
인스타: u_young_calli

194

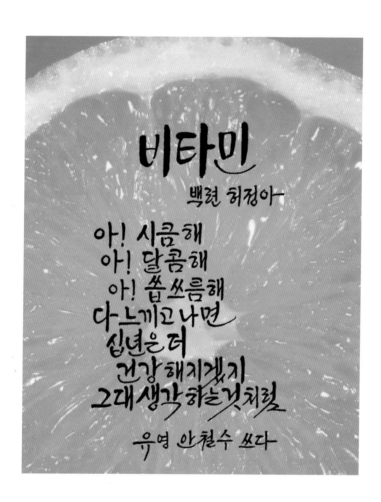

비타민

백련 허정아

아! 시큼해
아! 달콤해
아! 씁쓰름해
다 느끼고 나면
십년은 더
건강해지겠기
그대 생각 하는것처럼

유영 안철수 쓰다

195

은행잎

백련 허정아

발 사이
두껍게 쌓인
은행잎을 밟다보면

아뿔싸!
은행을 밟았다
눈을 감는다

그리움을 담았다면
구수한 느낌을 불러온다

유영 안철수 쓰다

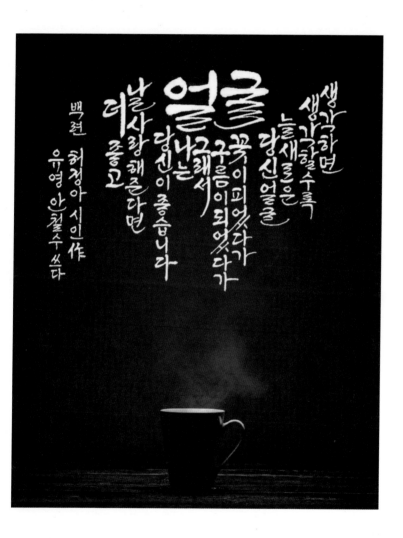

얼굴

생각하면
생각할수록
늘새롭은
당신얼굴

꽃이피었다가
구름이되었다가
그래서
나타나는
당신이좋습니다

더좋고
날사랑해준다면

백련 허정아 시인 作
유영 안)철수 쓰다

197

건강 자랑하며
맨발에
운동화 신던 겨울

어느새
겨울바람과
거리두기
하고 싶은 나
장갑까지 낀다
손이 따뜻하다
네가
내손 잡은줄 알고
놀라긴 했지만
따뜻해서 좋다

장갑/백련 허정아
유영 안철수 쓰다

198

너무 보고 싶어
맑은 하늘을 올렸다
갑자기
눈이 쏟아졌다
사랑은 이렇게
하는 거라며
보고 싶을 때는
만나야 한다며

눈(2)/백련 허정아
유영 안철수 씀

겨울바다

백련 허정아

거센 파도를
겹겹이 몰고와서
애타는 바람으로 불더니
썰물을 따라
바람을 멀리 보낸다

잠잠한가 싶더니
다시 파도를 부르고
바람까지 데리고 왔다

겨울 바다는
맑았다 흐려지는
나를 닮았다
그러면서 더 그리운
너로 닮았다

유영 안철수 쓰다

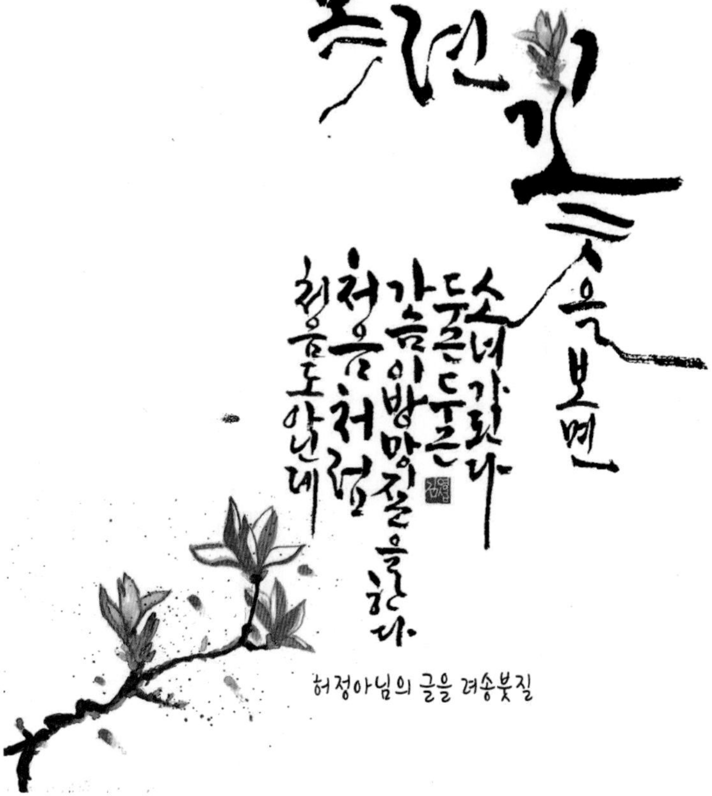
목련꽃을 보면
소녀가 된다
두근두근
가슴이 방망이질을 한다
처음처럼
허정아님의 글을 려송붓질

김영섭 작가님

캘리그라피 작가

한국서예협회 회원

정태운 시인 시집(사랑도 와인처럼) 2부 캘리그라피 참여

22회 월간 서예대전 우수상, 단군서예대전 특선 외 다수 수상

인스타: kimyoungsub2

집

할수록
받을수록
커진다
사랑하는
사랑도아니껏디
사랑을
흉내내도
밑치
않다

혜경아님의글을
계송김 명 덥붓

202

꽃
누가
너를 꽃이라
했는지
나를 두고
하는 말
이리만
정말
예쁘다.

허정아시인님의 글을 겨송붓

눈썰매   허정아

눈이 많이 내린날
밖으로 나가 걷다가
눈썰매 타는 가족을 만났다

비닐 포대 들고
비탈진 곳을
오르내리던 나를 만났다

씽!
빠르게 내려가는 눈썰매

몸은 무거워졌지만
마음이 가벼워진 것은
다행이다
다행!

차혜정 작가님

캘리그라피작가협회 초대작가 및 심사위원
한국예술문화협회 부회장 및 심사위원
한국서화교육협회 캘리분과위원장
중국문등서가협회 초대작가
인스타:songyule

204

반딧불 허정아-

어린시절
흔하게 볼수 있었던 반딧불
지금은
보이지 않는다-

초여름
숲으로 가볼까?
그곳에는 지금도
그때처럼
노란빛을 내는 반딧불이
날고 있겠지

반딧불이 난다.
내 바쁜 일상속에서
잠시 쉬던 모습이
반딧불 처럼 난다

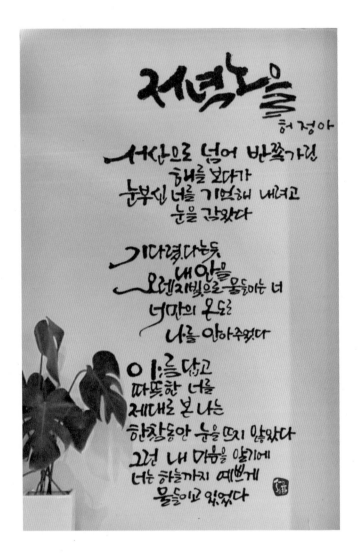

저녁노을

허정아

서산으로 넘어 반쯤가린
해를 보다가
눈부신 너를 기억해 내려고
눈을 감았다

기다렸다는듯
내안을
오렌지빛으로 물들이는 너
너만의 온도로
나를 안아주었다

이름답고
따뜻한 너를
제대로 본 나는
한참동안 눈을 뜨지 않았다
고건 내 마음을 알기에
너는 하늘까지 예쁘게
물들이고 있었다

206

행운의 주문 허정아

매일
거울을 보며
주문을 건다
"사랑스럽다"

주문을 걸때마다
거울이 반응한다
"사랑스럽다"

이 거울이
내 마음에도 왔다
일상에서
꽃을 봐도 꺼내보고
보람찼는 일에도 꺼내보고

너를 두고 하는 말
"사랑스럽다"

잘라

소원 별
틈도 없이
휙, 지나가는
별똥별 흔적만큼
시간이 적어도 좋다
그리움속 그대를
볼수 있다면

허정아시 윤숙쓴다

김윤숙 작가님

캘리그라피 작가
인스타: yunsook20

때

허정아

지나면
다시 돌아올것같지 않는
그 시기
하지만
아직 이르니까
너무 상심하지 말길

완숙쓰다

209

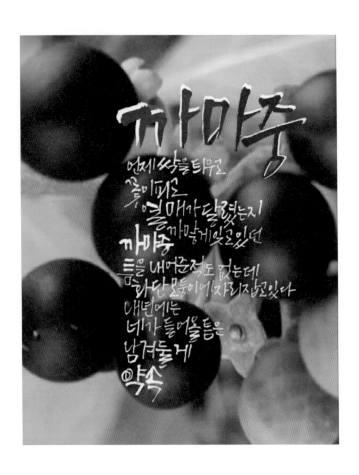

김오순 작가님

캘리그라피 작가
2020~2022년 대한민국 캘리대축제(특선, 입선)
인스타: carpediem0878

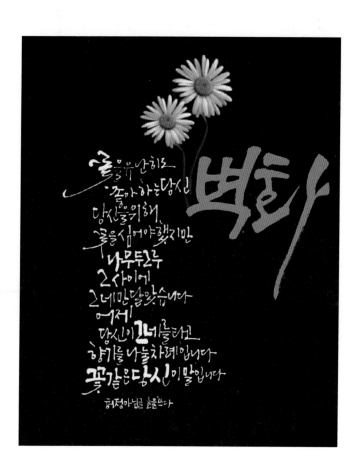

내가 그랬듯이
너도 아팠구나
말하지 않고
표현하지 않으면 몰라
우리 표현하자
건강해서
웃는 얼굴로도 표현하자
너는
웃을 때가 제일 예뻐

친구

허정아 님글 효율쓰다

212

봄꽃

시골동네 숲 사이로
봄꽃향이 안개처럼
날름퍼진다
봄꽃향기를 담아
내 맘에서
옛 친구를 불러낸다
친구들이 많았다
봄꽃 향기요요나

허저‥ㅏ니ㅁㄱ‥ㄹ ㅎㅗ ㅇㅏㄹ쌌ㄷㅏ

213

코딱지

털어도
털어도
내안의 그대 생각은
떨어지지 않습니다

코딱지가 쏟아진
마음속에서
시든때도 없이

톡톡
튀어나옵니다
가슴 깊은곳에
찍어둔 그대생각이
떼어진 코딱지자리에
다시 붙으니까요

백련 허정아법글 효율쓰다

앙상했던 나뭇가지에
새순이 돋아 나
연초록으로 변했다

피톤치드 풍성한
숲길을 걸었다
새소리가 정겹다.

신록의 계절!
그대 생각이
여름처럼
내 마음을 숲으로 만들었다

〈 숲 / 허정아 〉

나글조아캘리 쓰다.

김목희 작가님

캘리그라피 작가
43회 국제현대미술대전 특선
23회 대한민국현대미술대전 입선
43회 대한민국창작미술대전 특선
3회 문경새재 전국공모 캘리그라피대전 입선
인스타: nageuljoa_calli

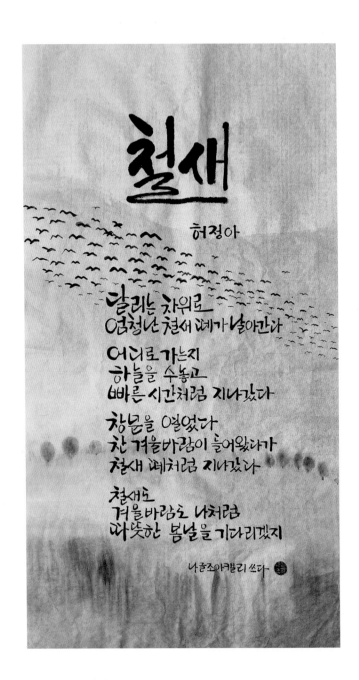

철새

허정아

달리는 차위로
엄청난 철새 떼가 날아간다

어디로 가는지
하늘을 수놓고
빠른 시간처럼 지나갔다

창문을 열었다
찬 겨울바람이 들어왔다가
철새 떼처럼 지나갔다

철새도
겨울바람도 나처럼
따뜻한 봄날을 기다리겠지

나글조아 캘리 쓰다

반딧불

허정아

어린시절
흔하게 볼 수 있었던 반딧불
지금은 보이지 않는다

추억속
숲으로 가볼까?
그곳에는 지금도
그때처럼
노란빛을 내는 반딧불이
날고 있겠지

반딧불이 난다
내 바쁜 일상속으로
잠시 왔던 모습이
반딧불처럼 난다

나글조아캘리 쓰다

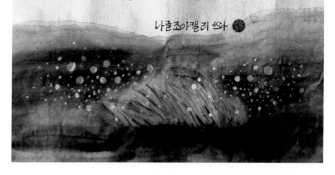

조호연 작가님

캘리그라피 작가
위시앤버킷(블로그)
40회 전국 공모 경인미술대전 입선
인스타: hoyeon8179

식당휴게실 앞
겉으로는 잎만
무성한 포도덩쿨
안으로 들어서니
천장가득
열매가 달렸다
그래
사랑은 이런거야
보이지 않아도
보고싶은
사람생각이
가득담긴

- 포도
허정아를
금만초효연그리고쓰다

219

너를닮고싶어
늘푸르게서있는 너를
내안의 너를
동구밖 소나무처럼
심고 기다리고
싶어

소나무2◇백련_허정아

박옥래 작가님

캘리그라피 작가
사)문학애출판 캘리그라피 작가 등단
신정문학 캘리 작가
초보 캘리그라피 네이버밴드 운영
인스타: chunggang_calli

들꽃

허청아

들에핀 네가
너무 예뻐서
속마음
감추지 못하고
이름을 물었더니
대답을 안하는
너

예쁘다
말은 안 했지만
내 맘의
그대를 닮아
너무 예뻐

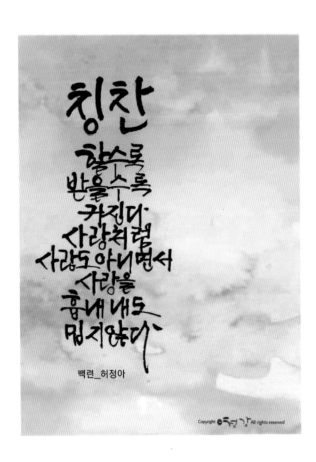

칭찬

할수록
받을수록
커진다.
사랑처럼
사랑도 아니면서
사랑을
흉내내도
밉지않다

백련_허정아

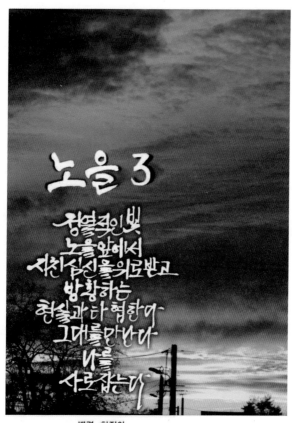

노을 3

청블럭인빛
노을 앞에서
지친 심신을 위로 받고
방황하는
현실과 타협하며
그대를 만난다
나를
사로잡는다

백련_허정아

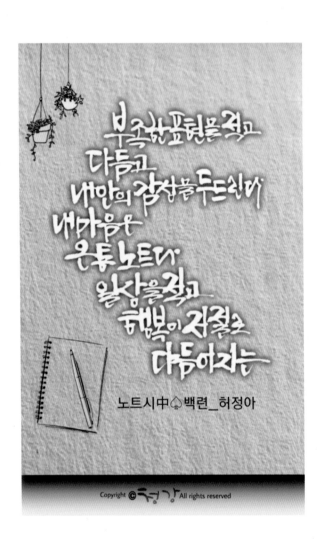

부족한 표현을 적고
다듬고
내안의 감성을 두드린다
내마음은
온통 노트다
일상을 적고
행복이 저절로
다듬어지는

노트시中♠백련_허정아

224

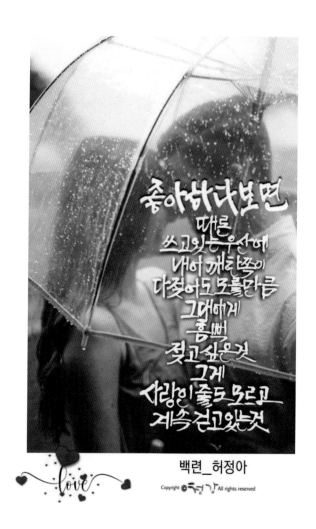

좋아하다보면
때론
쓰고있는 우산에
내어깨 한쪽이
다젖어도 모를만큼
그대에게
흠뻑
젖고싶은것
그게
사랑인줄도 모르고
계속 걷고있는것

백련_허정아

봄맞이꽃 허정아

봄을 알리는
전령사
촉촉한 강둑에 앙증맞게 핀
민들레
나는 너를
두눈에 마음에
가득담고
그대를 기다린다
바람이
씨앗을 날리듯,
그대를 만났으면
좋겠다

영춘화

태경아

봄이오면

거너머보다

내안에

먼저

꽃으로피는너

'nette

사과   허정아

꽃이 진 자리에
열매가 달렸다
작고 푸른
열매가 달렸다

꽃이 피었다가
열매였다가
늘 웃음 넘치는
우리집처럼
희망으로 달렸다
사랑으로 달렸다

Calligraphy © 이창순 All Rightd Reserved

이창순 작가님

캘리그라피 작가
2023년 손글씨 기록단
인스타: graciacs

잠자리

　　　　허정아

다람쥐 쳇바퀴 돌듯
내마음 속 그대는
봄, 여름, 가을, 겨울
계절도 잊은채
같은 자리에서
맴돕니다
잠자리도 아니면서

풀잎 위에 동글동글
크기가 다른
무늬들이 빛을 받아
반짝 반짝
내 안의 너처럼
반짝 반짝

허정아시. 물방울

끓인물

국기자볶아
한주전자물이는게
주전자속에서
자꾸
그래생각이난다
온집안이
구수하다

허정아시
늘빛 송명순쓰다

송명순 작가님

캘리그라피 프리랜서
2019~2022년 석봉 한호 선생 전국휘호대회 입선
2019~2022년 추사 김정희 선생 추모 전국손글씨대회 특선
2022년 경기미술서예대전 입선
2019~2023년 자작고개 동학혁명 전국휘호대회 우수상
인스타: mou55571

깍두기

단단한 무를
일정하게 잘라
소금에 절였다가
찹쌀풀. 다진마늘
까나리 액젓. 설탕을
고춧가루와 함께 넣고
버무리니 깍두기가 되었다
오늘 만든 깍두기를
행복하게 먹어줄
가족들 생각에 웃음이 나온다

먹으면서
맛있다고 엄지척 해줄
그 상상에
벌써부터 마음부자가 된다

허정아시
늘빛 송영숙 쓰나

네잎클로버
허정아

사람들이
행운이라는 뜻을 가진
너를 좋아하지

보물찾기하듯
너를 찾다보면
시간이 빨리 지나가게 돼

너를 만나도
너를 만나지 못해도
즐겁고 행복한 걸 보면
너는 정말
그
대
처
럼
행운이 분명해!

calligraphy design by Sooni

윤기순 작가님

캘리그라피 작가
캘리그라피 공모전 입선
제1회 한국캘리그라피대전 입선
인스타: soonni_calli

일방통행

자동차는──
　일방통행
　도로에서만
한방향으로 가지만

　그대생각은──
　언제나
　일방통행

그래도 좋다

너에게만 가니까!

　　　허정아 시 윤기순 쓰다

234

조선영 작가님

꼬망세20 대표
캘리그라피 작가
업사이클링 실천가
남동구 평생학습동아리 그레이스 캘리 대표
인스타: commencer20

바람이 벚나무를 흔들며
너보다 예쁘다고
자랑을 한다~

허정아 / 네가더예쁜날

236

봄이오면
개나리보다
꽃으로 피는 너
내안에 먼저

허정아시/영춘화 中 선영씀

참새 방아간 드나들듯
오며 가며 들려
네잎클로버를 만나는
배롱나무 아래 클로버 밭

갈 때마다
네잎클로버를 내민다

만나는 사람마다
행운을 선물하기 위해
내 안에 담았다
사랑으로

허정아 님시 / 사랑으로
청랑선영 씀

238

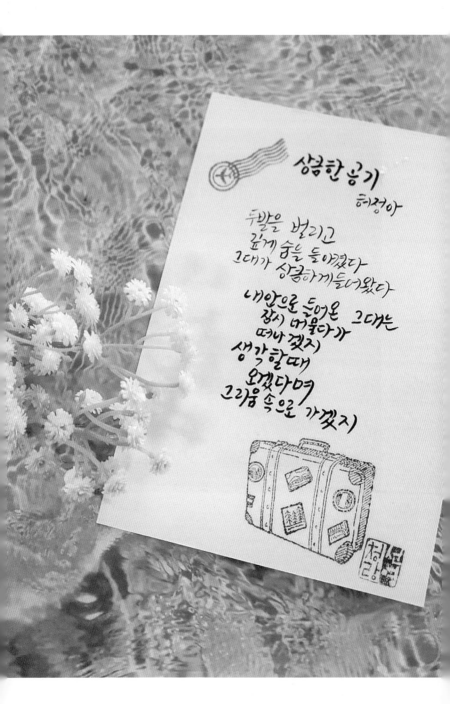

상큼한 공기

허정아

두발을 벌리고
깊게 숨을 들이켰다
그대가 상큼하게 들어왔다

내안으로 들어온 그대는
잠시 머물다가
떠나 겠지
생각할때
오겠다며
그리움 속으로 가겠지

239

구진회 작가님

캘리그라피 작가
스마트폰 그림작가
인스타: jinhoegoo

장갑 해빛아
건강을 자랑해버려
맨방에
뭉쳐 자던 것을....
어느새
내를 바람과
겨울추위
하고 싶은 나
장갑까지 낀다
손이 따뜻하다
내가
내논 잡은줄 알고
놀라긴 했지만
따뜻해서 좋다

Calligraphy by 靑史

241

능소화 /백련 허정아

기댁곳만 있으면
늘어져 피었던 너

나발모양 닮기도하고
깟대기모양
같기도 하고

붉기도 하고
누라른 햐기도 하고
누구를 닮지말
닮았는데

너에게자꾸
눈길이간다
이유없이
눈길이간다

calligraphy by 靑史

calligraphy by 靑史

243

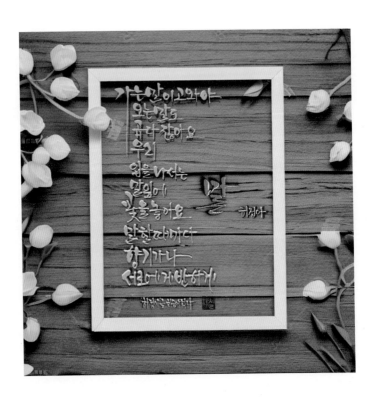

최승아 작가님

캘리그라피 작가
시인
박서영 시집(통점에서 피는 꽃) 표지디자인
인스타: seungah9636

도리섬 中

오늘도 바다를
향하시는
아버지
아버지 태우고
바다위를
아버지처럼
달려가는
도리섬
도리섬아!
우리
아버지
잘부탁하니

허정이글 한송아린다

때

허정아

지나면
다시
돌아올것
같지않는
그시기
하지만
아직
이르니까
너무
상심하지
말길

허정아글 최승아탁나

2박 3일

현성아

초등학교 은사님 모시고
동창들과 괌매도 여행
옛이야기 하면서 바다에 울렁다
도란도란 이야기소리에
배가 떠난다
맛있는 고향음식
한바탕 웃음으로 보낸시간
고맙다
제자들과 함께해주신
선생님은 더 고맙다

허정이을 회능어먹다

248

정혜정 작가님

캘리그라피 프리랜서
유트브 '홈쓴캘리'
디자이너, 표지글씨 디자인(꽃으로 피는 시간, 감성을 두드리다,
나는 뻔뻔하게 살기로 했다)

반딧불

어린시절 흔하게
볼수 있었던 반딧불
지금은 보이지 않는다.
추억속 속으로 가볼까?
그곳에는 지금도 그때처럼
노란빛을 내는 반딧불이
날고 있겠지
반딧불이 날다
내 바쁜 일상속으로
잠시 우리 모습이
반딧불처럼
난다.

허정아 作

불꽃놀이

은하수 바닷가 백사장에서 조카와 불꽃놀이를 준비했다.
고요한밤 은하수 아래 산들 축제역 잠깨올수 있는 폭죽소리
어른들에게는 귀속하지만 조카에게는 신나는 선물!
오늘밤을 잠시 조카되어 있다. 화려한 불꽃놀이 진행중
히지아흑흑

가는 말이 고와야
오는 말이 곱다잖아요
우리 입에 나서는
말앞에 꽃을 놓아요
말할때마다
향기가 나
서로에게 반하게
허정아 / 말

박정숙 작가님

캘리그라피 작가
인스타: siwon_calli

봄을 알리는 전령사
촉촉한 강둑에
앙증맞게 핀 민들레
나는 너를 두눈에
마음에 가득담고
그대를 기다린다
바람이 씨앗을 뿌리듯
그대를 만났으면 좋겠다

허정아 / 봄맞이꽃

253

들꽃
- 허영자 -

들에 핀
네가 너무 예뻐서
속마음 감추지 못하고
이름을 물었더니
대답을 안하는 너!
예쁘다
말은 안했지만
네 안의 그대를 담아
너무 예뻐!

소소 김경옥

김경옥 작가님

캘리그라피 작가
화가
인스타: soso_3.24

-얼굴

생각하면
생각할수록
늘
새로운
당신얼굴
꽃이 피었다가
구름이 되었다가
그래서
나는 당신이
좋습니다
날 사랑해준다면
더좋고
-허정아- 소소 김정록

255

더위를
닫히려고
부채질을 한다
어느새
그대생각이

모락
모락

그리움은
더위도부채도
어쩌질못한다.

허정아/부채
형애쓰다.

김형애 작가님

캘리그라피 작가
아름다운캘리그라피디자인협회 정회원
인스타: hakj0308

쭉쭉
뻗은 나무들이
연두색
잎을 내밀고
진달래와
산벚꽃이
가득 피면
소주 사 들고 올게요
그곳 삶은 잘
모르지만
그리워하던 아버님 만나
행복하게 지내시지요?

허정이 / 산벚꽃 피면은
향애쓴다

신종훈 작가님

캘리그라피 작가
초대개인전시 1회, 제3회 3·15미술대전 입선
캘리드림 회원
인스타: kia_shingun

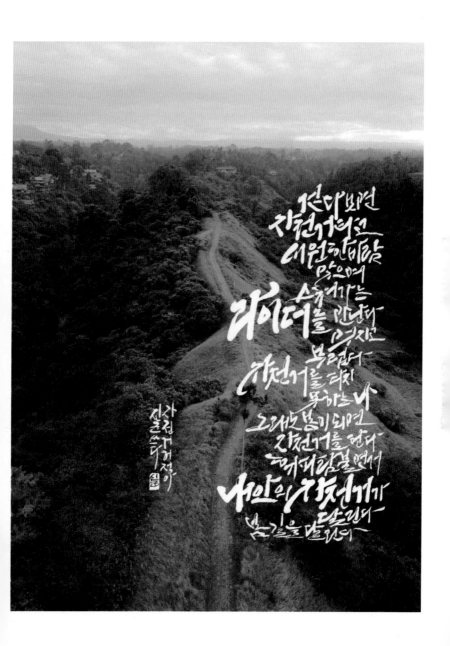

259

복

웃어른께
큰절하고
덕담과함께
봉투속에
건네지는 너는
펼쳐본사람마다
활짝웃게하는
요술방망이 글샘

허정아

박미자 작가님

캘리그라피 작가, 팅거벨아트센터 대표(since 2004)
국제공예문화 총연합회 충남지부장
기관, 학교 캘리 강의 출강
인스타: geulseamcalli

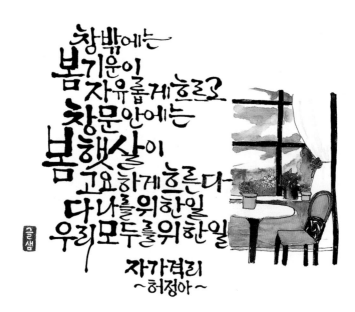

창밖에는
봄기운이
자유롭게 흐르고
창문안에는
봄햇살이
고요하게 흐른다
다 나를위한일
우리모두를위한일

자가격리
~허정아~

261

네잎클로버

허정아

행운이라는 뜻을 가진
사람들이
행운을 조아하지
봄나물을 찾기하듯
너를 찾다보면
시간이 빨리 지나가게 돼
너를 만나지 못해도
너를 만나도
즐겁고 행복한 걸 보면
넌 정말
그대처럼 행운이 분명해!

글샘

엽서에
네잎클로버를
붙이고
한줄한줄
마음을 적었다~
오늘도 엽서를
붙이는 나는
그대생각으로 가득

허정아 詩 엽서

263

누가
너를
꽃이라
했는지
나를두고
하는말이지만
정말
예쁘다

허정아 시인 · 꽃

Calligraphy Design by

염 남교 작가님

캘리그라피 작가
현대조형미술대전 수채화부문 특선
전국서예대전 장려상
인스타:yng2024

창틈으로
들어온 햇살을
사랑하는 일도
상쾌한 공기를 마시며
하루를 시작하는 일도
붉고 샛노란
단풍잎을 밟고 걷는 일도
발아래 떨어지는
도토리 한 알도
계절을 잊은 꽃을
만나는 순간도

허정아 시인 · 행복한 순간

Calligraphy Design by

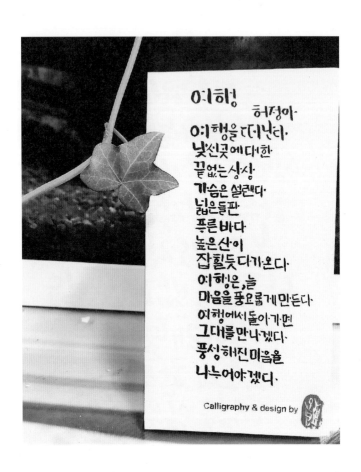

여행

허정아

여행을 떠난다.
낯선 곳에 대한
끝없는 상상
가슴은 설렌다.
넓은 들판
푸른 바다
높은 산이
잡힐듯 다가온다.
여행은, 늘
마음을 풍요롭게 만든다.
여행에서 돌아가면
그대를 만나겠다.
풍성해진 마음을
나누어야겠다.

Calligraphy & design by

강성룡 작가님

캘리그라피 작가
인스타: wildcat_calli

꽃으로 피는 시간

안동석

마른 눈가로
매화 향 매운 봄은
또다시
돌아왔는데

한 번 떠난
내 사랑
매화 피어진다 해도
아무 소식이 없네

온기 잃어
차가워진 이 마음
어이할거나
어이할거나

마음속
그리움을
상사화로
피워 볼까

아니면
까막까치 날개 빌려
오작교라도 놓아 달라
떼라도 써 볼까

이래도
저래도
아니 되는
부재중인 너를

슬픈 눈빛
푸른 하늘만
눈 시리게
우러러보다
그 차가움에
절로 눈물만 났다

꽃이 시간이 되고
계절이 세월이 되는
꽃들의 윤회

박선숙 빈집

[빈집]
-소민-

주인 떠난 빈 뜨락에
우두커니 앉아 있는 녹슨 리어카
돌보는 이 없는 남새밭엔
하얀 깨꽃만 조롱조롱
낡은 고무통들이 장승처럼
빈 장독대를 지키는데
담장 위로 푸르게 돋은 지붕만
세월을 거스른 듯 선명하다

그 옛날 맑은 눈망울 깜박이며
뭍을 그리던 작은 소녀는
거대한 도시의 인공섬에서
무엇을 꿈꾸고 있을까
마음의 섬 어딘가에서
출렁이는 그리운 바다처럼
해무 속 유채꽃 물결이
빈집을 지킨다

인스타: sominpss

271

김도연   봉숭아 씨앗

내 사랑도
톡 하고
그대 가슴에
터지면 좋겠다

김도연 시인님의
봉숭아 씨앗

Calligraphy © 백련 All Rights Reserved

여린 잎새도
이슬과 바람을 쉬어가게 하네요
떠올리기만 해도
휴식이 되는 당신처럼

김도연, 늘 좋으신 당신

백련, 꽃을 피우니 / 정태운

어찌
이리도 숨어 있었을까
숨 죽이고 세파 거뜬히 이기고
고와도 너무 고운 자태 감추고
한 점
새하얀 꽃으로 피어나기 위해서 말이다

또르르
젖지 않고
진흙 속에 묻혔어도
한 점 티끌도 묻히기 싫어
비로소 향기를 뿜어낸
단아한 자태

뛰어난 재주 많고 많은 꽃이여!
눈부셔 하늘을 받들었다
일필휘지
갈겨서 캘리그라피로 표현하고
시향으로 피어나는 꽃
백련
백련이다

인스타: namcheon_jungtaewoon

274

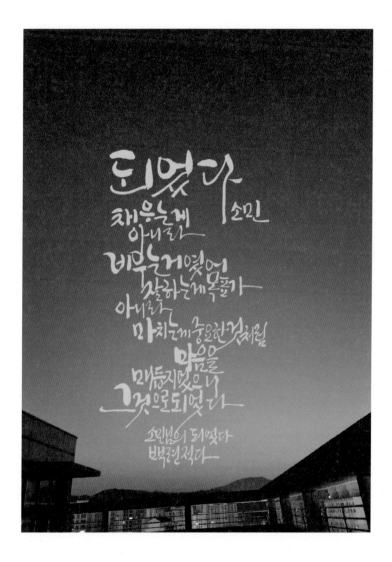

꽃으로 피는 시간

허정아 지음

발행처   도서출판 청어
발행인   이영철
영업   이동호
홍보   천성래
기획   남기환
편집   방세화
디자인   이수빈 | 김영은
제작이사 공병한
인쇄   두리터

등록   1999년 5월 3일
          (제321-3210000251001999000063호)

1판 1쇄 발행 2023년 6월 10일
    2쇄 발행 2023년 6월 30일

주소   서울특별시 서초구 남부순환로 364길 8-15 동일빌딩 2층
대표전화 02-586-0477
팩시밀리 0303-0942-0478
홈페이지 www.chungeobook.com
E-mail   ppi20@hanmail.net

ISBN   979-11-6855-155-8(03810)